KB201262

안녕! 보고 싶었어

안녕! 보고 싶었어

1판 1쇄 인쇄 2019년 12월 20일
1판 1쇄 발행 2020년 1월 1일

**지은이** 오은지
**펴낸이** 정용철
**편집인** 김보현
**펴낸곳** 도서출판 북산

**등록** 2010년 2월 24일 제2013-000122호
**주소** 서울시 강남구 역삼로 67길 20, 201호
**전화** 02-2267-7695
**팩스** 02-558-7695
**홈페이지** www.glmachum.co.kr
**이메일** glmachum@hanmail.net

ISBN  979-11-85769-26-4  03810

ⓒ 2020년 도서출판 북산 Printed in Korea.

# 안녕!
# 보고 싶었어

오은지 그리고 씀

북산

나를 아밀리로 기억하고 있는
4년전 호주에서 만난 소중한 인연들에게 이 책을 바칩니다.

프롤로그

2014년 8월 20일, 24살에 나는 호주로 워킹홀리데이를 갔었다. '어렸을 때 영어 쓰는 나라에서 한번 살아보는 거 좋지 않겠어?'라는 생각으로 마음으로 비행기에 올랐다. 예상대로 친구 하나 없이 시작했던 타지 생활은 참 녹록치가 않았다. 말도 안 통하고, 물가는 살벌하고, 인종 차별도 심심치 않게 당하고…. 호주 생활을 시작한 지 한 달도 안 돼 짐을 싸서 돌아오고 싶었다.

이런 와중에도 내가 호주를 아름답게 기억할 수 있었던 이유는 바로 그곳에서 만난 친구들 덕분이었다. 한 토막도 안

되는 영어로 간신히 대화하며 사귄 친구들. 스페인과 콜롬비아가 붙어 있는 줄 알았었고, 유럽 사람들은 다 백인인 줄 알았던 나에게는 그들 한 명 한 명이 문화 충격이었고 훌륭한 선생님이었다. 1년 후 정든 호주를 떠날 때, 나는 두 번 다시 못 볼지도 모른다는 생각에 친구들과 울듯이 인사하며 작별 인사를 했다.

이런 슬픔도 잠시. 한국에 돌아오자 곧바로 폭풍이 몰아쳤다. 2년 만에 학교에 돌아와 보니 함께 다녔던 친구들은 졸업을 하고 없었다. 취업을 하려면 디자인 포트폴리오를 준비해야 하는데 어디서부터 시작해야 할지 그저 막막했다. 스펙, 외국어 자격증, 자소서, 인턴 경험 등등 평소 무시해왔던 단어들이 나를 압박해 오기 시작했다. 모든 한국인이 그렇듯 나는 바쁘고 또 바빠졌다.

난 호주에서 사귄 친구들과 연락이 끊기지 않으려 노력했다. 나름 SNS로 일상도 공유하고 방학에는 친구들 나라에 놀러도 가겠다고 했다. 그러나 코앞에 닥친 현실에 치이느라 나의 동화 같은 약속은 지켜지지 못했다. 시간이 지나며 서로의 일상에 자리가 잡히고 자연스럽게 연락도 뜸해졌다. 아쉬운 마음이 들기도 했지만 '사는 게 마음대로만 되나? 나도 이제 정신 차려야지' 하며 그 마음을 도로 꾹꾹 눌러 담았다.

졸업 후에 어찌어찌 취직을 했지만 회사와의 계약기간이 끝나갈 무렵, 유럽에 있을 친구들 생각이 문득 들었다. 꼭 다시 보자며 약속했던 그때가 언제였던가. 이제 보니 벌써 4년이 지나있었다. 많이도 미뤘다. 이제는 진짜 여행을 가야겠다는 생각이 들었다. 내 젊은 20대, 가장 파란만장한 시기에 만났던 친구들이 지금은 어찌 살고 있을지 너무나 궁금해졌다. 난 다시 한번 여행을 떠나기로 결심했다.

2018년 11월 12일, 유럽행 비행기에 올랐다. 나의 젊은 20대를 위해, 4년 전 친구들과의 약속을 위해, 11시간의 비행을 시작으로 59일간의 나의 긴 여정은 시작되었다.

# 차례

9

# 1.
# 룩셈부르크

흰 셔츠 입고 요리하는 남자
with Maxim Muccio

기차표 예매하는 법을 몰랐던 나는 프랑크푸르트에서 새벽부터 헤맸다. 룩셈부르크로 가는 기차 안에서 방송이 나올 때마다 나는 흠칫흠칫 놀랐다.

"더이쉰이쉬빈더이취운트아운트!"

버럭버럭 화를 내는 듯한 독일어 방송은 역 이름을 알아듣기도 힘들었다. 시간표에 나온 대로 환승하면 되겠지 하고 맘 편히 올라탔건만, 시간이 갈수록 오늘 내로 못 가는 거 아닌가 싶어 마음이 점점 불안해졌다. 창밖으로 하얀 눈이 사복사복 내리는 평온한 아침이었지만 내 등에는 식은땀이 흘렀다. 4번째 환승을 가까스로 성공하고 자리에 앉자 방송이 나왔다.

"봉쥬흐프홍세에뚜와디렉시옹!"

한 마디도 알아들을 수 없었지만 독어가 아닌 불어 방송인 것은 알 수 있었다. 드디어 독일 국경을 넘어 룩셈부르크에 들어왔다. 만세!

크라잉넛 노래 덕에 이름만 알고 있던 룩셈부르크는 수도와 국가 이름이 같을 만큼 작은 도시 국가였다. 이 작고 볼거 없는 나라에 온 이유는 한 가지, 룩셈부르크 은행에서 일하는 프랑스 귀요미 맥심을 보기 위해서였다. 사실 많이 친

한 사이는 아니었는데 내가 온 걸 너무나 반겨줘서 안 갈 수 없었다. 유럽에 와서 가장 처음으로 만나는 호주 친구라 왠지 떨렸다.

　회사 점심시간을 틈타 기차역까지 마중 나온 맥심은 나에게 치킨 샌드위치랑 커피까지 사주고 집 주소와 열쇠 뭉치를 넘겨줬다.

　"제일 큰 건 건물 입구 열쇠고 이건 현관문 열쇠, 그리고 이건 내 방문 열쇠야. 혼자 갈 수 있겠어? 아밀리?"

　맥심은 바다 건너 산 넘어 온 동양인 친구가 아무래도 걱정이었는지 여러 번 확인했다.

　"야 인마! 내가 여행 한두 번 해보냐? 괜찮아, 괜찮아!"

　못 미더워하는 맥심의 등을 떠밀어 보내고 주소를 따라 아파트에 도착했다.

　나는 맥심 집 앞에서 현관문을 여느라 족히 20분은 진땀을 빼야 했다. 이상하다! 열쇠는 맞는데? 우로 돌리고 좌로 돌려도 문은 열리지 않았다. 당기면서 돌려야 하나? 창의력을 십분 발휘해 갖은 방법을 동원해봤지만 먹히지 않았다.

　'꼼짝없이 맥심 퇴근할 때까지 기다려야 하는 거 아냐?'

　복도에 누워버리고 싶을 때쯤 간신히 문을 열었다. 알고 보니 열쇠가 두 바퀴하고도 반이 더 돌아가는 것이 아닌가. 게다가 마지막 반 바퀴는 힘을 줘서 탈칵! 소리가 날 때까지 돌려야 했다. 유럽에서 언어나 교통으로 고생할 줄은 알았지만 열쇠로 고생할 줄은 꿈에도 몰랐다.

회사를 마치고 돌아온 맥심은 나에게 저녁밥을 해 주려고 장까지 봐 왔다. 장바구니를 보니 채소부터 생전 처음 보는 재료들까지 다양한 것이 들어있었다.

"맥심, 우리 저녁 뭐 먹어?"

"오늘의 메뉴는 스테이크와 라따뚜이!"

라따뚜이라면 요리하는 생쥐가 나오는 애니메이션 제목 아닌가? 알고 보니 프랑스의 전통 음식 이름이었다. 토마토 소스에 갖은 야채를 넣고 걸쭉하게 끓여 내는, 한국의 된장찌개 정도 되는 서민 음식이었다.

맥심은 눈처럼 하얀 셔츠를 입은 채 썰고 볶고 끓이고 굽는 셰프로 변신했다.

'저 옷에 빨간 토마토 국물이 튀기면 어쩜담!'

옆에서 구경하는 나는 손에 땀을 쥐고 지켜봤다. 그리고 요리가 끝날 때까지 맥심은 옷에 기름 한 방울 튀기지 않았다. 안 그래도 잘생긴 맥심 얼굴에서 찬란한 후광이 보이기 시작했다.

맥심아 나랑 결혼해주라!

처음으로 먹어본 프랑스 요리 라따뚜이는 따뜻하고 새콤해서 너무나 맛있었다. 맥심은 하트 브레이커처럼 생겨가지고 이렇게나 요리를 잘할 줄 몰랐다. 겨울의 추위와 여행의 고단함을 단숨에 날려버릴 정도로 음식은 따뜻하고 푸근했다. 오랜만에 만나는 친구와의 반가움까지 더해져 더없이 훌륭했다. 지금까지도 난 이날 먹은 라따뚜이를 유럽에서 가장 맛있게 먹은 음식으로 손꼽는다.

맥심과 난 영어가 서투른 상태로 만나 많이 친해지지 못했었다. 그런데 재미있게도 4년이 지난 지금 밥까지 해 먹이는 다정한 친구가 되어 있었다. 인연이란 참 신기했다. 하룻밤을 묵고 난 후, 맥심과 프랑스 낭트에서 2주 후 다시 보기로 약속하고 설레는 마음으로 헤어졌다.

"오흐부아(또 만나)!"

# 2.
# 벨기에 브뤼셀

엣헴, 난 브뤼셀에서 요리해 본 여자야
with Laura Lits

초콜릿, 와플, 감자튀김, 오줌싸개 동상 등등 벨기에를 상징하는 것들은 꽤 많다. 그러나 나에게 벨기에 하면 가장 먼저 떠오르는 사람이 있다. 바로 나의 첫 벨기에 친구이자 첫 룸메이트 중 한 명이었던 라우라다. 4인 1실을 2개월 넘게 나눠 쓰며 살았던 가족과도 같은 친구였다.

오랜만에 만난 라우라는 너무나 반가웠고 마치 어제 본 것처럼 편했다. 라우라는 매우 날씬해져 있었는데 가슴은 빠지지 않고 그대로였다(이상하다…).

시내 구경을 하다가 라우라의 친구 집에 얼떨결에 놀러 갔는데 방 한구석에 기타가 있었다. 코드 몇 개 간신히 잡는 실력이지만 내가 또 한 흥이 있어서 말이지. 거기다 라우라는 내가 인스타그램에 종종 올린 노래 영상을 기억하고 있었다.

"아밀리 애는 못하는 게 없어. 빨리 기타 곡 하나 뽑아봐!"

라우라의 부추김에 나는 어쩔 수 없이(?) 넘어가는 척, 기타를 집어 들었다. 그리고는 이런 날이 언젠가는 닥칠지 몰라 틈틈이 연습해 둔 팝송 중 내가 가장 좋아하는 곡 Ben E King의 〈Stand by me〉를 부르기 시작했다.

"Oh darling darling stand by me~"

노래가 끝날 때 즈음 라우라는 이미 나의 열렬한 팬이 되어 있었다.

벨기에에 왔을 때 나는 와플이나 감자튀김보다 홍합 요리를 먹어보고 싶었다. 화이트 와인에 쪄낸 홍합과 맥주 한 잔마시면 어떨까? 생각만 해도 신이 났다. 라우라는 그런 나를 슈퍼마켓으로 데려갔다.

정신 차려보니 홍합 1kg을 사서 내가 다 손질하고 있었다! 홍합 하나하나를 잡고 껍질에 붙은 모래를 칼로 긁어내야 했는데 손질만 족히 30분은 걸렸다. 잘 다듬어진 홍합을 큰 냄비에 넣고 와인과 셀러리, 다진 마늘을 넣어 향을 냈다.

몇 분 있다 냄비 뚜껑을 열자 홍합은 입을 쫙 벌리고 정신이 혼미해질 만한 냄새를 풍기고 있었다. 홍합 껍질 사이로 윤기가 잘잘 흐르는 홍합 살이 보였다. 내가 만들었지만 정말 식당 하나 차려도 되겠다 싶을 만큼 맛있어 보였다. 잘 익은 홍합 하나를 맛본 라우라가 얘기했다.


"아밀리, 한국에 돌아가면 꼭 자랑해.
에헴, 난 브뤼셀에서 요리 해 본 여자야!"

# 3.
## 프랑스 파리

### 꼭 다시 돌아오고 싶은 도시
with Janne Lehtonen

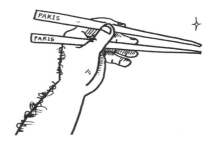

PARIS라고 큼지막하게 쓰인 여행 책자를 열심히 읽고 있는 나에게 맞은편 사람이 말을 걸었다.

"파리로 여행 가십니까?"

고개를 들어보니 180cm는 더 돼 보이는 흑인 아재가 나를 호기심 가득히 쳐다보고 있었다. 아무리 기차 안이라지만 소매치기의 왕국 파리가 가까워지는 터라 머리털이 쭈뼛해졌다. 나는 가급적 말을 안 섞으려 했지만 자칭 '스눕독(꽤 닮았었다)'이라는 잭은 파리에서 보고 먹고 해야 할 모든 것들을 읊어줬다. 파리에 도착할 때쯤 난 이미 반쯤 파리지앵이 되어있었다.

파리에 도착해 지하철 표를 끊으려는데, 뒤에서 누군가 '도와드릴까요?'하고 말을 걸었다. 뒤돌아보기 무섭게 잭이 나를 가로 막더니,

"이분 저랑 함께 왔어요. 괜찮습니다!"

하고 그 사람을 쫓아 보냈다(그 말은 물론 불어였고 내 생각에 대략 저런 뜻이었을 것 같다).

"아밀리, 저렇게 도와주겠다는 놈들은 다 소매치기야. 절대 가까이 오게 두면 안 돼!"

아니, 이쯤 되면 투어가이드 겸 보디가드 아냐? 잭은 어안

이 벙벙해 하는 나를 카페로 데려가 마중 나오기로 한 내 친구 연네를 함께 기다려줬다. 거기다 내가 시킨 커피와 케이크까지 몽땅 계산해줬다. 인종차별과 열악한 치안으로 악명 높은 파리였지만, 나에게는 살면서 가장 선한 사람을 만나본 도시로 남게 되었다.

《섹스 앤드 더 시티》에서 캐리는 프랑스어로 3단어만 말할 수 있으면 된다고 했다.

"샤넬, 샤넬, 샤넬!"

나 역시 프랑스어 3단어를 준비해 갔다.

"멕시, 실부쁠레, 올랄라(감사합니다, 부탁해요, 세상에나)."

특히 올랄라는 거의 모든 상황에서 문제를 해결하는 마법의 단어다. '어머나, 아이쿠, 맛있다, 대단하다, 이럴 수가' 심지어 '저는 불어를 못해요(?)'까지. 우리나라의 '거시기 그 저 거시기하다' 정도 되는 듯싶다.

단어 3개만으로 나의 파리 여행은 막힘없이 흘러갔다!

파리에서 유학을 하고 있는 핀란드인 연네는 사실 내 친구의 형이다. 한국에서 유학 중인 동생을 보러 왔다가 나와 저녁을 먹은 게 인연이 돼서 이렇게 다시 만난 것이다. 사람 인연이란 게 참 신기하다.

 연네는 오랜만에 보는 나를 매우 반가워하며(아마도^^) 룸메이트들과의 저녁 식사에 초대했다. 그런데 정신 차려보니 정작 식사는 내가 준비하고 있었다(이상하다!). 분명 난 초대받았는데…. 안 그래도 한식이 슬슬 먹고 싶어지던 참이었는데 뭐 잘 됐다 싶었다. 난 근처 아시안 마켓에서 장을 봐 불고기와 김치찌개를 뚝딱 만들어 버렸다.

 내 입으로 말하긴 뭐 하지만 웬만한 레스토랑 뺨치게 음식이 맛있게 됐다. 연네와 토미, 니샤드는 이게 웬 진수성찬인가 하며 눈을 반짝였다. 내가 상추를 척 펼쳐서 쌈 싸 먹는 법을 알려주자 다들 나를 경이롭게 쳐다보며 그대로 따라 했다. 내가 파리에 와서 핀란드 사람이랑 인도 사람한테 쌈 싸 먹는 방법을 가르치고 있을 줄 누가 알았겠나.

 프랑스에서 난 재료로 해 먹는 한식은 또 다른 즐거움이었다. 완벽한 한국식은 아니었지만 준비해 온 소주로 소맥까지 말고 나니 영락없는 한식 파티가 되어있었다.

엽서에서나 보던 에펠탑은 가까이서 보면 한눈에 다 들어오지 않을 정도로 큰 건물이었다. 이걸 내 두 눈으로 직접 보니 내가 프랑스에 왔다는 게 드디어 실감이 났다. 루브르 박물관의 그 유명한 모나리자나, 2시간이나 비를 맞으며 줄을 서야 했던 베르사유보다도 더 감격이었다. 프랑스 전통 건축과도 관련 없고 앙상한 철골로 이뤄진 이 탑이 뭐 그리 대단한가 싶었지만 어느새 넋을 놓고 바라보고 있었다.

파리를 떠나는 마지막 날, 나는 마음속으로 다짐했다.
'안녕 파리, 꼭 다시 돌아올게!'

# 4.
# 프랑스 낭트

서프라이즈 서프라이즈 서프라이즈!
with Maxim Muccio & Elizabeth Vénisse

드디어 오늘이 맥심과 낭트에서 몰래 보기로 한 날이다. 왜 몰래냐? 또 다른 친구 엘리가 역시 낭트에 와 있기 때문이었다. 맥심의 오랜 친구인 엘리는 한국으로 교환 학생을 오게 되었는데 그때 우리는 서로 아는 사이가 되었다. 맥심에게는 좀 미안하지만 난 맥심보다 엘리와 훨씬 많이 친해졌다. 허허! 내일모레가 생일인 엘리를 위해 나는 오늘, 맥심은 내일, 엘리를 깜짝 놀래주기로 작전을 짰다. 엘리한테는 쉿!

벅찬 마음으로 기차에 올랐지만 낭트에 도착하자마자 하늘에 구멍이라도 뚫린 듯 비가 미친 듯이 쏟아졌다. 망할.

비가 얼마나 많이 오는지 운동화 발목까지 물이 차서 신발을 새로 사야 했다. 가지고 온 가방은 너무 무겁고 맡겨 둘 곳은 없고. 이게 무슨 사서 고생인가 싶어 짜증이 나던 찰라 건물 벽에 붙은 무엇인가를 발견했다.

'찰칵!'

조금 더 걷다가 또 다른 하나를 발견했다.

'찰칵!!'

생뚱맞지만 닌텐도에서 막 튀어나온 듯한 귀여운 타일 아트들이 도시 곳곳에 숨어있었다. 난 포켓몬 콜렉터라도 된 것처럼 온 골목을 뛰어다니며 사진을 찍었다.

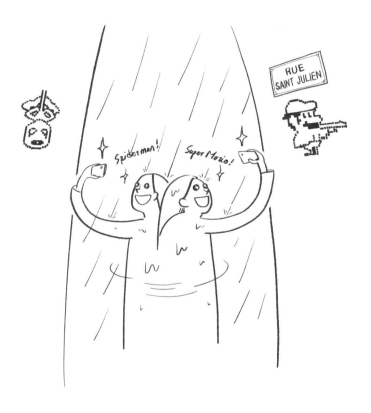

43

5개 가까이 타일 아트 사진을 모았을 즈음 크리스마스 마켓이 서 있는 광장까지 왔다. 크리스마스트리 장식은 물론이고 초콜릿이나 맛난 먹거리도 팔고 있었다.

'잘 됐다, 시장이나 둘러볼까?' 하고 들어서는 순간 무엇인가를 발견했다. 크리스마스 샵 가운데 생뚱맞게 루빅스 큐브 샵이 있는 게 아닌가! 내가 또 큐브만 보면 눈에 불 들어오는 큐브 덕후 아닌가. 참새가 방앗간을 그냥 못 지나가듯 난 큐브를 2개나 사버렸다. 그리고 난 낭트가 너무나 좋아졌다.

맥심에게서 문자가 왔다.

"아밀리! 엘리가 시내에 나와 있대. 서프라이즈를 할 시간이야!"

"드디어? 오케이!"

사인을 받은 나는 엘리에게 바로 문자를 했다.

"엘리! 나 프랑스에 왔는데 길을 잃어버린 거 같아."

"엥, 어디 갔는데 길을 잃었어?"

난 낭트 시내에 있는 파사쥬 폼프레에서 찍은 사진을 엘리에게 보냈다.

"지금 나 어디 있게?"

"헐! 아밀리, 지금 낭트에 와 있는 거야?"

서프라이즈는 대성공이었다! 입이 떡 벌어진 채 나를 반겨주던 엘리의 표정이 아직도 눈앞에 선명하다.

엘리를 마지막으로 본 게 청계천에서 발 담그고 맥주 한 캔 따서 마시던 여름이었는데. 반년만에 다시 만난 지금은 낭트 바에서 뜨끈한 뱅쇼를 홀짝이는 겨울이 되어있었다. 날씨는 추웠지만 지구 반대편에서 만난 친구와 밀린 얘기를 나누느라 추운 줄도 몰랐다. 낭트에 온 것이 보람으로 가득 차는 순간이었다.

엘리, 생일 축하해!

# 5.
# 프랑스 포르닉

## 변태의 도시에서 대가족과 점심 식사
### with Maxim Muccio

맥심은 룩셈부르크에서 저녁 비행기를 타고 밤늦게 낭트에 도착했다. 난 맥심이 낭트 시내 근처에 산다고 생각했는데 웬걸, 나를 차에 태우더니 1시간을 달려 별이 쏟아지는 깡촌으로 데려 와버렸다! 맥심의 부모님들은 밤늦게 찾아온 나를 반갑게 맞이해주셨다.

맥심네 집에 들어와 보니 얼굴이 말이 아닌 고양이 '밤부Bamboo'와 방 한 칸만 한 커다란 견공 '이시스Isis'가 있었다. 프랑스 강아지 이름이 ISIS라니…. 등골이 살짝 서늘해졌다. 이 집채만 한 강아지는 나를 보자마자 그르렁그르렁 거리며 사악한 기운을 뿜어냈고 난 맥심 뒤에 딱 붙어서 달달 떨었다.

"괜찮아 아밀리, 반가워서 그러는 거야!"

'정말? 과연 그럴까?'

다음 날 아침 맥심이 부릉부릉 차를 끌고 시내를 구경시켜줬다. 바닷가에서 가깝고 공기가 맑은 작고 예쁜 마을이었다. 그런데 문제는 이 동네 이름이었다. 포르닉. 스펠링도 Pornic. 음…!

거기다 동네에서 제일 큰 마트를 지나가는데 내 두 눈을 의심하지 않을 수 없었다.

SUPER Pornic.

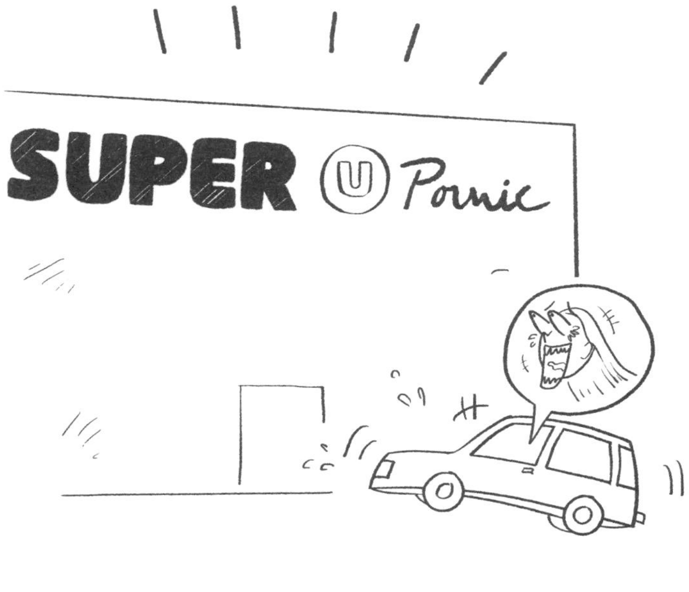
SUPER U Pornic

바다가 주변을 돌다가 맥심이 잠깐 자리를 비운 사이 바닷가에 뜬금없이 세로 철봉을 발견했다. 내가 올 초부터 처음으로 배워보기 시작한 것이 있었으니, 그것은 바로바로 폴 댄스! 폴 댄스 좀 한다는 사람들의 로망이 해외 여행 중 해변 앞에서 폴을 타는 것이다. 내가 이 기회를 놓칠 수 없지.

외투를 벗고 조심스레 폴에 올라타려는데 별안간에 웬 할아버지가 나타났다. 할아버지는 내가 폴 타는 걸 니글니글 웃으며 구경하더니 내 번호를 물어봤다. 수염마저 하얀 이 할아버지께서는 두 번째 아내를 찾고 있다고 하셨다. 포르닉이라는 도시 이름에 딱 맞는 할아버지였다.

조금 있다 돌아온 맥심에게 집으로 돌아가며 이 얘기를 해주자 맥심이 피식 웃더니 하는 말.

"프랑스에 온 걸 환영해!"

해변에서 돌아와 맥심의 가족들과 점심을 먹었다. 맥심의 부모님과 쌍둥이 형, 누나, 조카 3명에 강아지까지 모여 바글바글 식사를 했다. 아주머니는 가지 라자냐와 라이스 푸딩을 요리해 주셨는데 이 집에 눌러앉고 싶을 만큼 맛있었다.

식사가 끝나갈 때쯤 맥심은 나한테 얇은 빵 한 쪽을 물에 적셔 토스터기에 구워줬다. 이게 뭐지? 하는데 아저씨께서 파랗다 못해 회색에 가까운 '치즈' 한 큰술을 퍼서 내 빵 위에 올려주셨다. 그리고 모든 가족들이 내가 치즈 먹는 모습을 생방송 티브이 보듯 지켜봤다. 맛은 좋았지만 치즈에서 뿜어 나오던 냄새는 지금 생각해도 식은땀이 난다. 단언컨대 청국장 냄새는 귀여울 지경이다.

식사가 끝나갈 때쯤 맥심의 누나가 웬 수건 뭉치를 조심스레 들고 왔다. 그 안에는 태어난 지 2일 된 맥심의 조카가 새근새근 자고 있었다. 세상에 어쩜 그렇게 조그마할 수 있는지. 조카를 품에 안고 요리조리 쳐다보는 맥심의 표정은 빙글빙글 행복해 보였다. 영화에서만 보던 유럽 마을의 가정집이 그림처럼 펼쳐졌다.

5살 먹은 맥심의 조카 오스카는 내 큐브에서 눈을 떼지 못했다. 내가 큐브 맞추는 걸 보여주자 보석 같은 눈을 반짝였다. 눈이 너무 예뻐서 풍덩 빠지는 줄 알았다. 오스카가 신기해하는 큐브만큼 나 역시 오스카가 신기했다. 아이보리빛 금발은 물론이고 피부는 어쩜 그리 뽀얀지, 정말이지 살아 숨쉬는 인형이 따로 없었다.

결국 나는 오스카에게 큐브 하나를 선물로 줘버렸다. 그리고 다음에 돌아왔을 때 잘 맞추는지 검사하기로 약속했다. 큐브를 요리조리 돌려보는 오스카에게 눈높이를 맞추며 물어봤다.

"멕시 오 농(고마워요 안 고마워요)?"

그러자 오스카가 배시시 웃으며 대답했다.

"멕시(고마워요)~"


오스카!

큐브 공부 열심히 해야 해. 누나 돌아오면 검사한다!

# 6.
# 스페인 마드리드

이건 또르띠아가 아닌데
with Fernando del Amo Ferrnández

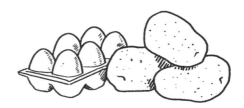

페르난도: 아밀리, 마드리드에 언제 와? 시간 비워둘게.

아밀리: 대박! 진짜 고마워. 너무너무 신난다.

페르난도: 하하! 왜?

아밀리: 페르난도, 너무 착해서ㅎㅎ 감사하지!


페르난도: 우린 친구인걸. 매일 얘기하는 사이는 아니어도 우린 소중한 친구니까.

**Fa** Amilie! When do you come to madrid?
I'll make time for you.

Amazing! Gracias. I'm so excited.

**Fa** Hahaha. why?

Bcuz you are so sweet.

**Fa** You are my friend.
Maybe we don't talk everyday
but... that meaningful friendship.

페르난도 집에 와보니 사무라이 우산, 닌자 미니어처 등 일본 장식품이 잔뜩 있었다. 거실에는 심지어 진열장까지 두고 일본 만화 캐릭터 피규어를 모셔 두고 있었다. 아시아 문화에 관심이 많다더니 알고 보니 그냥 일본을 좋아하는 거 아냐? 왠지 샘이 나던 찰나에 진열장 정중앙에 태극기가 보였다.

'오! 드디어 한국 제품도 하나 있는 건가?'

자세히 들여다보니 진열장 안에는 내가 2년 전에 한국에서 보낸 엽서가 있었다.

난 페르난도가 보는 앞에서 아기처럼 펑펑 울어버렸다.

"아밀리, 저녁은 뭐 먹을래? 내가 밥 할까?"

"좋아! 메뉴는 뭐야?"

"또르띠아 좋아해?"

세상에 스페인 사람들은 또르띠아를 직접 만들어 먹는구나! 페르난도가 두 팔을 걷어붙이고 밀가루 반죽을 치대는 모습을 상상하니 벌써 배가 고파졌다. 안에 속 재료는 뭘 만들어 줄까? 소고기 돼지고기 닭고기? 아님 양고기? 기대가 한껏 부풀어 올랐다.

그런데 페르난도는 고기나 야채, 심지어 밀가루조차도 사오지 않았다. 저녁거리로 도마 위에 올라와 있는 건 감자 3개랑 계란 6개가 전부 아닌가. 음… 페르난도가 오늘 피곤했나. 메뉴를 바꿨나 보다. 난 약간 당황했지만 내색 안 하고 요리하는 페르난도를 구경하기로 했다.

페르난도는 감자 껍질을 쓱쓱 벗겨서 얇게 썰더니 기름에 노릇하게 튀겼다. 익은 감자를 건져내 볼에 넣더니 계란 6개를 깨어 넣고 소금을 한주먹 쏟아부었다. 이건 무슨 음식이지? 정신이 혼미해질 때 즈음 페르난도는 그 모든 걸 달군 팬에 붓더니 어마 무시하게 큰 오믈렛을 만들어버렸다.

식탁에는 페르난도가 만든 거대한 오믈렛이 모락모락 김을 뿜어내며 나를 노려보고 있었다. 크기도 크지만 오믈렛 모양이 어찌나 잘 잡혀있는지 거의 케이크 수준이었다. 와! 이건 대체 무슨 음식인가.

"페르난도, 이거 음식 이름이 뭐야?"

"또르띠아라니까?"

"엥? 아닐걸???"

알고 보니 내가 알고 있던 또르띠아는 멕시칸 또르띠아였다! 스페인에서 말하는 또르띠아는 감자 오믈렛을 말하는 것이었다. 아니 이건 달라도 너무 다른데? 튀긴 감자가 고소하게 씹히는 푸근한 또르띠아였지만 먹는 내내 충격이 가시지 않았다.

내가 유럽에서 가장 큰 깨달음을 얻었던 순간이 아니었나 싶다.

# 7.
## 스페인 바르셀로나

노래 잘 부르게 하는 술
with Laura Castro

"아밀리, 유럽이야? 바르셀로나로 놀러 와!"

라우라는 어학원에서 같은 반 친구였지만 친해질 기회가 좀처럼 없었던 친구다. 반 친구들과 함께 가서 점심 한 끼 먹었던 게 전부였다. 그런데 놀랍게도 나는 바르셀로나에서 라우라를 다시 만났다. 라우라는 심지어 내게 먼저 연락을 했고 나를 집으로 선뜻 초대했다. 난 참 많이도 복 받은 사람이다.

라우라와 라우라의 친구들, 직장 동료들과 바글바글 한데 어울려 해산물 레스토랑에 따라갔다. 원하는 해산물을 골라 담아 무게만큼 돈을 내고 조리법도 선택할 수 있는 신기한 곳이었다. 조개, 생선, 새우, 문어부터 바르셀로나에서만 볼 수 있는 생선까지 천국 같은 식당이었다.

　멸치만 한 작은 생선 튀김은 가시가 느껴지지 않을 만큼 부드러워서 끊임없이 들어갔다. 토마토소스를 얹은 조개와 문어숙회는 이게 뭐라고 그렇게나 맛있던지. 무엇보다 랍스터는 단연 내 혀를 단숨에 녹여버렸다. 바르셀로나야말로 미식의 도시였다!

음식을 다 먹고 계산대에 가니 주인아저씨가 냉장고에서 노란 술을 꺼내 한 잔씩 따라주셨다. 레몬 첼로라는 이탈리아 술인데 식후 마시는 게 전통이라 했다. 오호 그렇단 말이지 하고 홀짝였는데 새콤한 레몬 맛과 함께 정신이 번쩍 드는 알코올 도수가 느껴졌다.

"아밀리, 이 술이 마시면 노래를 잘하게 되는 술이야."

엥? 그런 게 있다고? 평소 같으면 허허 웃으며 넘어갔을 텐데 독한 술 한 모금이 들어가니까 갑자기 사람이 용감해지는 게 아닌가. 왜 노래 잘 부르게 하는 술이라는 건지 알 것 같았다. 나는 반주도 없이 레스토랑 입구에서 목청껏 《stand by me》를 불러버렸다!

# 8.
# 프랑스 엑상프로방스, 리옹

## 프랑스야 미안해, 도저히 못 먹겠어!
with Elizabeth Vénisse

사건의 전말은 간단하다. 늦은 시간 엑상프로방스를 도착해서 엘리를 다시 만났고 엘리 집에 초대를 받았다. 엘리는 나를 위해 '세상에서 제일 맛있는 음식'이라는 레클렛을 준비해줬다. 어마어마한 양의 치즈를 녹여 감자와 햄을 함께 먹는 음식인데 야채가 한 조각도 없었다.

난 꽤 맛있게 잘 먹었던 것 같은데 그날 저녁부터 식은땀이 나기 시작했다. 그리고 그 다음날 나는 서 있기도 힘들 정도로 심하게 체해버렸다! 그렇게 이틀을 끙끙거리고 엘리와 민망하게 작별 인사를 했다. 엘리에게는 정말 미안하지만 난 이제, 레클렛만 봐도 손에서 땀이 난다.

엑상프로방스를 떠나 미식의 도시라는 리옹에 도착했다. 하…! 프랑스야 미안한데 너네 음식 나랑 정말 안 맞아. 유명하다고 찾아간 레스토랑은 뇌가 얼얼할 정도로 지독한 치즈 냄새로 가득 차 있었고 밥과 함께 나온 정체불명의 축축한 떡? 혹은 빵 덩이는 식욕마저 앗아갔다. 물값으로 4유로까지 뜯기고 나니 마음까지 너덜너덜해졌다.

미식의 나라라고 하지만…
프랑스야 미안해, 도저히 못 먹겠어!

# 9.
# 스위스 인터라켄

## 해발 3000m에 사는 깍쟁이 새
### with Very Rude Birds

프랑스에서 국경을 넘어 스위스에 입성했다. 살벌한 물가로 유명한 이곳에서 18유로짜리 백반(반찬은 단 두 개)을 먹고 나니 갑자기 힘이 돌아왔다. 그 기운으로 다음 날 아침 일찌감치 기차를 타고 유럽의 지붕이라는 융프라우를 오르기 시작했다.

날씨는 우중충했지만 스위스의 탁 트인 자연 경관은 흐린 날씨를 품고도 남을 만큼 예뻤다. 산의 경사를 따라 지어진 집들은 멀리서 보면 이끼 위에 자란 버섯 같았다. 산 정상으로 올라가는 4시간이 조금도 지루하지 않았다.

슈퍼에서 산 맛있는 빵이랑 고소한 치즈를 스텔라와 함께 야금야금 먹어가며 정상에 점점 가까워졌다. 스텔라는 스위스에서만 파는 사이다 음료인데 내가 고른 보리차색 스텔라는 과일 향도 나고 달달하니 맛있었다.

'역시 출출할 때를 대비해 간식 사 오길 잘했군' 하며 가지고 온 간식을 다 먹어갈 때쯤 벽에 붙은 사인이 보였다.

'NO, FOOD'
아 여기 음식물 섭취 금지구나….

융프라우 출입문을 열고 나오자 엽서 사진 속으로 들어온 것만 같았다. 손가락을 움직일 수 없을 정도로 추웠지만 사진을 찍으려는 나의 열정은 그 언제보다도 뜨거웠다. 스위스 국기 옆에는 사람들이 사진을 찍으려고 줄까지 서 있었다. 차례를 기다렸다가 드디어 스위스 국기 양 끝을 잡고 평생 간직할 사진을 남겼다.

신기하게도 해발 3000미터에서 새들이 살고 있었다. 나무 한 그루 없이 온 사방이 눈인데 어떻게 살고 있는 건지 신기했다. 내가 빵조각을 들고 있는 것을 보자 새들은 가까이 와서 기웃거리기 시작했다. 빵 귀퉁이를 좀 떼어 주자 겁도 없는지 요 녀석들은 코앞까지 와서 넙죽넙죽 받아먹었다.

'역시 배가 고팠나 보다. 이 녀석들한테 나는 분명 구세주가 아닐까? 난 정말 착한 사람이야.'

나는 한껏 훈훈한 마음으로 빵을 크게 뜯어서 울타리에 앉아 있는 새에게 건넸다. 그러자 새 주제에 코웃음을 치더니(?) 내 성의를 무시하고 푸더덕 날아가 버렸다!

와! 해발 3000m에 사는 새는 먹이 앞에서 꽤 도도하다? 참나!


남은 빵조각을 몽땅 내 입에 털어 넣었지만 무안함이 가시질 않았다.

# 10.
# 이탈리아 밀란

## 노노노 브라바! 브라바!
with Lorenzo Montanari

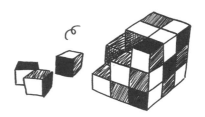

밀란으로 가는 기차를 탔는데 맞은편에 내 또래 이탈리아 남자가 앉았다. 까만 머리칼이 햇빛에 반짝였고, 거친 지중해 바람을 닮은 선명한 이목구비가 눈을 사로잡았다. 스위스의 자연 경관은 정말이지 아무것도 아니었군.

이분의 관심을 좀 끌어 볼까 해서 시간을 재고 큐브를 맞추기 시작했다. 한 30초 만에 맞추면 엄청 신기해서 말을 걸겠지? 다 맞추고 보니 1분이 조금 넘어 있었다.

'아! 더 빨리 끝낼 줄 알았는데…'

속으로 아쉬워하며 중얼거리고 있었는데

"노노노 브라바! 브라바!"

하며 맞은편에 앉은 조각상이 박수를 보내주었다!

큐브 덕분에 로렌조라는 이탈리아 훈남과 얘기를 텄다. 밀란까지 가는 기차 안이 훈훈하기 그지없었다. 로렌조는 나와 이런저런 얘기를 하다가 내가 어느 나라에서 왔는지 물어왔다. 나는 한국이라고 대답했다. 그러자 갑자기 옆자리에서

"어? 한국인이세요? 저도 한국 사람이에요. 나도 큐브 할 줄 아는데!"

흥을 깨는 한국 남자의 목소리가 끼어들었다.

'아니, 그래서 뭐 어쩌라고?'

갑작스런 불청객의 행동은 거기서 그치지 않았다. 로렌조와 이야기를 더 하고 싶었지만 이 눈새는 자꾸 한국어로 말을 걸어왔다. 거기다 어느 순간 내 큐브를 가져가 어벙하게 맞추고 있는 게 아닌가.

고개를 돌려보니 로렌조의 눈은 경이로움으로 가득 차 있었다. 그 뒤로 "역시 동양인들은 수학을 잘해~!"같은 시답잖은 이야기만 오고 갔다. 하아 이게 아닌데!

로렌조에게 한국을 큐브쟁이들의 나라로 만든 것 같아서 가슴이 아팠다.

# 11.
# 이탈리아 피렌체, 피사

## 이탈리아에서 빛나는 나의 일본어
### with Suzuki san

by. 스즈키상

피렌체 시내 구경을 마치고 식당에 들어가 음식을 기다리고 있었다. 그때 일본인 여자 관광객 3명이 들어와 바로 앞자리에 앉았다. 영어가 짧은 분들이라 주문을 하는데 하루가 다 걸릴 듯했다.

식당 아저씨는 일본 여행객들에게 "여행을 다닐 거면 영어를 배우고 다녀!" 하며 훈계까지 했다. 같은 동양인으로 나까지 기분이 나빠졌다. 그래서 나의 짧은 일본어로 세 분과 여차여차 대화를 나누고 대신 주문을 해드렸다. 나중에 아저씨가 고마웠는지 나한테 공짜 레몬 첼로 한 잔을 주셨다.

'흥 고맙수다!'

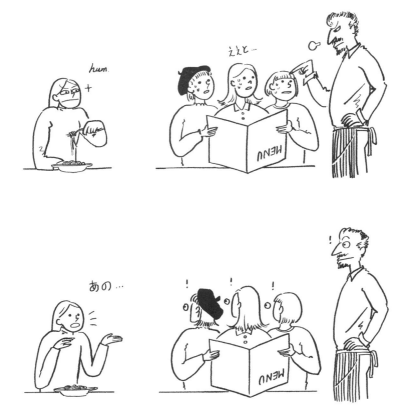

이야기는 여기서 끝이 아니었다. 다음 날, 피렌체에서 한 시간 거리에 있는 피사의 사탑을 보러 갔다. 사탑을 배경으로 비스듬히 사진을 찍는 관광객들로 바글거렸다. 소매치기의 소굴로 유명한 곳이라 도저히 모르는 사람에게 카메라를 맡길 수 없었다. 나도 비스듬한 사진 찍고 싶은데!

'이걸 대체 어쩐다'

손톱만 바짝바짝 깨물고 있다가… 어? 내가 피사에 아는 사람이 있던가? 어디서 많이 본 얼굴 셋이 보였다.

"아노, 미나상(저기, 여러분)!"

皆さん〜!

ええええ〜〜〜!

# 12.
# 이탈리아 베로나

## 내 남친 한 입 먹어도 돼
with Valentina Modena

　시드니에 살았을 당시 카페 베카스에서 반년간 일하며 좋은 친구들을 많이 사귀었다. 그리고 그중 한 명을 4년이 지난 오늘 다시 만났다. 활짝 웃는 미소가 예쁜 발렌티나는 변한 것 없이 그대로였다. 영어가 서툴러진 발렌티나는 느릿느릿 말했지만 난 대화 내내 즐겁기만 했다.

　발렌티나와 발렌티나의 남자 친구 마테오와 함께 베로나 전통식 레스토랑에 갔다. 프로슈토와 판체타를 나눠 먹었는데 살면서 그렇게 맛있는 건 또 처음이었다. 괜히 미식의 나라가 아니다. 거기다 베로나에서만 나는 말고기가 뇨끼는 한국에서는 절대 먹어보지 못할 별미였다. 입에서 살살 녹았다.

식사를 마치고 식당을 나오자 마테오가 프리텔레가 먹고 싶다 했다. 그게 뭐지?

"프리텔레는 빵 반죽을 납작하게 튀겨서 위에 설탕을 뿌려 먹는 베로나 간식이야."

"난 처음 들어보는 음식 이름인걸?"

"이거 되게 맛있어. 이따가 내 남친 한 입 먹어 봐."

"… 뭐?"

순간 귀를 의심했다. 발렌티나도 아차 싶은 표정이었다.

"아니 그게 아니라! 내 남친 꺼 한 입 먹어보라고!"

"발레, 난 네가 그렇게 개방적인 사람인 줄 몰랐네."

"아밀리… 넌 소중한 친구지만 내 남자를 나눠줄 순 없어…."

베로나에서의 밤은 박장대소로 마무리됐다.

# 13.
# 독일 베를린

## 지미! 돼지를 던져라!
### with Jimmy Dudink

지미는 사실 호주도 한국도 아닌 일본에서 만난 친구다. 시드니에서 사귀었던 일본 친구를 보러 교토에 갔다가 호스텔에서 만났다. 딱 하루 본 사이지만 지미는 워낙 착하고 웃음이 많아 금세 친해졌다. 그 지미를 오늘, 베를린에서 다시 만난다! 내가 베를린 공항에 내린다고 하자 공항까지 나를 데리러 친히 나와 줬다.

네덜란드인답게 키가 190이 넘는 지미는 공항에서 한 마리 기린처럼 거닐고 있었다.

'지미, 여기야 여기! 네 무릎 근처!'

지미는 나를 베를린 이곳저곳 데리고 다녔는데 그중 크리스마스 마켓이 가장 재미있었다. 칼바람 속에서 마시는 뜨끈한 글루와인은 몸을 녹이는 동시에 기분까지 알딸딸하게 만들었다. 시장에서는 먹거리도 꽤 많이 팔고 있었는데 정작 체코 음식인 뜨르들로(굴뚝빵)가 가장 맛있었다.

뜨르들로는 기다란 밀대에 빵 반죽을 꽈배기처럼 말아서 오븐에 굽고 갓 구운 빵 위에 토핑을 이것저것 뿌려먹는 간식이다. 우리는 시나몬 맛을 주문했다.

"시나몬 맛 하나요."

"One 계피? Okay~!"

"???"


베를린에 한국 사람이 많긴 많나 보다. 나도 기억 안 나는 '계피'라는 단어를 독일 굴뚝빵 장수 아저씨가 알고 계셨다. 김이 모락모락 나는 따뜻한 굴뚝빵은 계피 향과 참 잘 어울렸다. 굴뚝빵은 시나몬 맛이 아닌 '계피 맛'이 최고 맛있다.

베를린의 마지막 밤에는 지미가 가져온 돼지 주사위 게임을 했다. 들어는 보았나, 돼지 주사위? 네덜란드 보드게임이라 생소했지만 이만큼 시간 때우기 좋은 게 없다. 룰은 정말 간단하다. 돼지 주사위 2개를 던져서 착지한 모양 따라 점수를 매기는 게임이다. 합산 100점을 먼저 넘기는 사람이 승리! 땅콩만 한 주사위는 지미의 왕손 안에 들어가니 밥풀만 하게 보였다.

나와는 참 다른 문화와 배경을 가진 친구라 깊게 친해지지 못하면 어쩌나 걱정했는데. 돼지 주사위 두개로 그런 고민은 일찌감치 하늘 높이 던져버렸다. 주방에서 파자마를 입고 돼지 주사위를 굴리며 지미와 시답잖은 대화를 나눴던 베를린의 마지막 밤. 많이 그리울 것 같다.

# 14.
# 오스트리아 비엔나

### 큐브야, 나를 살려줘!
with my life saver

'제발 그만….'

　마음속으로 이 말을 10번도 넘게 내뱉은 것 같다. 아니 호
스텔에서 막 만났는데 왜 5년 전 교통사고 이야기를 계속해
서 읊어대는 거야. 알렌은 주방에서 저녁 준비를 하다가 말
을 튼 사인데, 저녁을 같이 먹자고 한 게 실수였다.

　처음에는 "와 어려운 시간 보냈겠구나. 힘내." 하며 위로를
건넸다. 문제는 알렌은 자기가 당한 교통사고 이야기를 저녁
을 다 먹고도 끝낼 줄 몰랐다. 너무 무거운 이야기라 말을 끊
기도 어려웠다.

　어휴~ 1년간 입원하고, 친구를 잃고, 직장을 잃고, 건강을
잃고, 수술 흉터를 보여주고… 심지어 내 멘탈이 입원할 지
경이 됐다.

125

참다 참다못한 나는 낭트에서 산 큐브를 꺼내 반격에 나섰다. 이야기를 듣는 척하며 빠른 속도로 찹찹찹 큐브를 맞췄다. 예상대로 알렌은 자기 이야기를 멈추고 내 큐브에 정신이 팔렸다. 세상에 큐브가 날 살렸다. 교통사고 얘기는 꺼내지도 못하게 큐브의 A부터 Z까지 모두 뱉어줄 테다.

그렇게 한참 큐브로 이야기를 나누다 알렌은 나한테 물었다.

"그럼 아밀리, 너 헝가리 가겠구나?"

"응? 헝가리는 왜?"

"루빅스 큐브를 발명한 루빅스가 헝가리 사람이잖아. 큐브의 탄생지가 헝가리래."

그렇게 난 바로 다음 날 헝가리 부다페스트로 가버렸다.

이거 하나는 고맙다. 알렌!

# 15.
# 또다시 프랑스 파리

## 2019년의 막이 오르다
### with Maxim Muccio

아밀리: 맥심, 새해에 뭐해?

맥심: 난 파리 가서 친구들하고 새해 파티 하려고.

아밀리: 어머나 나도 새해 파티해보고 싶은데! 껴주면 안
돼? 실부플레~!

맥심: 오키. 그럼 파리에서 봐!

아밀리: 멕시 무슈!

Max! What do you do in New Year?

**Mx** I'd go to Paris to have a party with my friends

Ohh.. I want to have a NY party too. Can I join? sil vous plâit!

**Mx** Okay. I'll see you in Paris ^^

Merci monsieur ~

파리에 도착해서 가장 먼저 들린 곳은 에펠탑이었다. 낮에 본 에펠탑이 무뚝뚝한 아저씨였다면, 밤의 에펠탑은 무대에 선 디바처럼 화려하게 빛났다. 유럽 여행 중 가장 좋은 기억이 남은 이곳 파리, 그리고 그곳의 얼굴 에펠탑!

"안녕!
보고 싶었어."

맥심의 새해 파티에 도착하고 나서 알게 된 사실이 몇 가지 있다.

하나, 파티에 참석한 10명 가까운 사람들 모두가 프랑스인이고 나만 유일한 외국인이자 아시아인이었다! 불편한 건 아니지만 마음의 준비가 안 돼 있었는데… 맥심!

둘, 소문대로 양 볼에 키스하는 비쥬를 인원수대로 다 한다. 제일 늦게 온 맥심은 방에 있는 모두에게 총 18번 키스를 한 후에야 자리에 앉을 수 있었다. 보는 내가 다 팍삭 늙는 느낌이었다.

셋, 프랑스 사람들은 파티를 즐길 줄 안다. 정확하게는 맥심이 파티를 즐길 줄 알았다. 다른 친구들과 얘기하다 갑자기 시끌벅적해서 고개를 돌려봤는데 맥심이 사진을 찍으려고 포즈를 취하고 있었다.

"오 사진 찍나 보네. 나도 같이 찍…"

그런데 그 순간!

이럴 수가…!

맥심의 바지가 떨어짐과 함께,
그렇게 2019년의 막이 올랐다!

지구 반대편에서 나를 기억해 준 모든 친구들에게
이 책을 바칩니다.

다들 행복하고 건강해.

## 에필로그

유럽행 비행기를 끊자마자 유럽에 있는 친구들에게 연락을 돌렸다.

"나 곧 유럽에 가. 얼굴 보고 커피라도 한잔하면 좋을 것 같아."

하지만 곧 걱정이 되었다.

마지막으로 본 게 4년도 더 됐는데 어색하지 않을까?

내가 부담스럽지 않을까? 영어가 엉망이었던 나를 과연 좋게 기억하고 있을까?

그러나 유럽에서 만났던 친구들 모두 이런 걱정이 우스워

질 만큼 나를 격렬하게 환영해주었다. 심지어 스치듯 만나고 헤어진 친구와 가장 오랜 시간을 보내기도 했다. 기대와 달리 보지 못한 친구들도 있어 속상했지만 한국에 돌아와 보니 이런 기억마저 다 소중하게 느껴졌다.

나는 호주에서 사귄 친구들을 그저 '외국인 친구'로 남겨두고 싶지 않았다. 내 인생에서 가장 의미 있는 시기를 함께했던 인연들인데. 그래서 엽서를 쓰고 주기적으로 연락하고, 소위 말하는 '정성'을 계속 보이려 노력했다. 그런데 이번 경험은 글쎄? 사람 관계는 역시 나 혼자 노력한다고 되는 건 아니구나. 진짜 인연이란 어디서 생길지 모르고 오래도록 두고 봐야 하는 거구나 하고 깨달았다. 묘한 미로 속을 걷는 느낌이 들었다.

친구들과 헤어지는 매 순간 난 애처럼 질질 짰다. 이 친구들을 또 언제 다시 보나, 앞으로 몇 번이나 더 볼 수 있을까? 설마 이번이 마지막이 될까? 하는 많은 생각이 들었다. 이렇게 보면 가슴이 미어지는 사실이지만, 지구 반대편 곳곳에 친구를 가진 나는 참 복 받은 사람이다. 다시 한번 감사하다.

이 책은 가깝든 멀던, 하루를 만났던 일 년을 봤던, 작은 인연을 오래도록 지켜낸 우리 모두의 이야기이다. 그리고 책에 나오는 내 친구들을 언젠가 꼭 다시 봤으면 하는 나의 소망 또한 담겨있다. 친구들에게도 두고두고 꺼내 보며 좋은 기억을 되살리는 의미 있는 책이 되었으면 좋겠다.

다들 건강하고 지구 어디에선가 다시 만나자!
안녕!